밤 미시령

밤 미시령

고 형 렬 시 집

창비

차 례

강상(江上) 유람(遊覽)이라면

유람으로나 가겠다
제일 마음 가난한 사람 하나와
곁에 초라한 나를 세워
그를 위해서
세월의 강물 건너가는 그림자로
얼굴도 팔도 하나가 된
이제 어디 있는지를 모르는
나를 찾으러
제일 아름다운 사람 하나와
가다가 나는 없어지고
그 사람만 남게 해
이 해 뜨고 해 지는 세상에서
그 사람 제일 가슴 아프게
만들어
혼자 이물에 세워놓고
나의 깨끗한 친구 어깨 옷이여
바람보다 슬픈 마음으로나

간다면 온다면
그를 데리고 만사 접어두고
그냥 유람으로 간다면

개금불사

2001년 8월 4일. 전등사 부처님 얼굴을 하얀 한지로 가려놓았다. 마당에 서서 부처님을 쳐다볼 때 세상이 다 돌아가신 것 같았다.

불단에 이렇게 씌어 있다. "부처님 복장을 해야 하므로 잠시 고깔을 씌워드렸습니다." 새로 순금을 입힌 부처님은 화상을 입은 듯, 손금도 눈도 지워져 온몸이 성한 곳이 없을 듯. 고깔을 벗겨드리려면 이달 29일이 와야 한다.

숨소리 없는 한지 속에 계신 부처님을 향해 소년은 숨다 뱉어내고 아버지 곁에 붙어 합장을 했다.

아주 오래된 부처님도 휴가시다. 문밖 400년 된 느티나무에서 매미 울음이 여름을 찢는다. 세상이 환해질 눈창의 날 아직 남았다.

작은 칼

　장(臟) 속으로 은손을 넣어 잎사귀를 펼쳐줍니다 멀리 있으면 내 유년의 아침 동해를 달려가는 햇살로 고쳐줍니다 아기 손보다 작은 은손이 그의 눈먼 장 속 한조각 통점을 찾아냅니다 그러면 하늘 속으로 사라지는 은촉이 되고 나는 만년설의 능선을 넘는 햇살의 망각처럼, 통증 없는 명료한 머리로 서울의 마천루 아침 그늘을 걸어가고 있을 겁니다 그는 이러한 나를 그리워할 것입니다 이빨 속에서 매미가 웁니다

달려라, 호랑아
자화상

달려가는 호랑의 껍질은 아무것도 아니다
두 앞발 사이 깊숙한 가슴 근육
덜겅거리는 심장, 출렁이는 간, 긴장하는 목뼈
헉헉대는, 터질 듯한 강한 폐 근육
얼룩거리는 붉은 어깨와 엉치등뼈, 거기 붙은 살점들
얼마나 우스꽝스러운가, 커다란 구슬 같다
마구 흔들리는 골은 산산조각 깨어질 듯
무거운 육신을 잔혹하게 흔들며 전속력으로 달려가는
모자이크된 육체가 뛰어가는 정신
주먹같이 생긴 허연 뼈들, 링 같은 꽃의 구근
기둥 같은, 널빤지 같은 뼈들이 가득한 육체
먹이를 뒤쫓아 맹추격하는 호랑의 구조
그놈들 가끔 보며 세상을 가르친다 지오그래픽의
제작자를 탓하지 않지만 생식기를
혹주머니처럼 흔들며 뛰어가지 않으려는 그의
부끄러운 표정의 질주를 비웃는다 이것이 '세계'를 보는
나의 유일한 창구, 한없이 저놈은 비위사납다

12

이해하면서 더러운 자식! 더러운 자식! 하며
달려라 조금만 더, 뛰어라 호랑아
너를 끌고 달리게 하는 아 호랑아, 달려라

동물원 플라타너스

사다리 같은 긴 목을 펼쳤다. 하늘가지에 노는 아기잎
을 따 먹으려고. 앞발은 풀을 피해 가슴 밑 흙바닥에 사
뿐히 눌러놓았다. 나뭇잎만 한 얼굴을 지나가는 시원한
바람의 입은, 내 주먹만 하다. 사과모양 입이 항문처럼
오물거린다. 그 주먹 안에 혀가 있어 잎사귀를 부드럽게
말아넣는다. 그렇게 우물거리는 얼굴이 높은 하늘에 떠
있다. 나는 창을 낸 자연의 유일한 건물. 플라타너스들이
가지를 뻗어 입에 대준다. 내 손바닥을 덥석 따 먹을 것
처럼 친구 입은 벌레와 풀을 밟지 않는 발처럼 부드럽고,
고기를 모르기에 잎사귀들 네 몸에 얼룩얼룩 나타난다

*『시경(詩經)』 국풍 제1 주남(周南) 마지막 시 「인지지(麟之
趾)」가 있는데 지(趾)는 기린의 발이다.

모자산 꽃을 지나며

남들 다 보고 온 백두산 보러 2000년
옌뻰 가, 모자같이 생긴 산을 지나

윤동주 집으로 가다가 새빨간 깨꽃밭을 보았다
서울에서 가을 맞아
인삼냄새 나니까,
깨꽃 그 언덕진 밭에 들어가 숨어서 그들과 함께 피어
지나가는 버스를 쳐다보았다

사람 주제에 옌뻰 깨꽃이고 싶다니

배구

허공으로 공을 올린다, 두 팔을 벌려 하늘로 올린다
흰 공이 아름답게, 공중으로 올라간다
바느질 자국이 보였다
타지지 않도록, 아프게 꿰매져 있었다

파란 하늘에 하얀 공

공은 화려하다
공은 다시 내려간다, 하얀 네트를 넘어 상대방으로
상대방은 공을 받는다, 토스를 한다
가슴을 활짝 펴고, 하늘로 공을 올린다

아, 아름다운 여자여

그때 그녀는, 공을 보내고 쓰러졌다
그때 내가, 제일 좋아하는 튤립이 하늘에 활짝, 피었다
졌다

번쩍번쩍, 하더니 꽃은 사라졌다
한 시대가 갔다, 아름다운 사람들!

조태 칼국수

눈이 우르릉거리는 사나운 날엔 국수를 해 먹는다. 애곤지 알이 명태머리 꼬리가 처박는 폭설. 된장을 푼 멸치 국물이 가스불에 설설 맴도는, 까닭없이 궁굽한 서울. 엉덩이 들고 홍두깨로 민 반죽을 칼질하고 밀가루 뿌려놓은 긴 국숫발. 바다 모래불 가 눈발을 그리는 20년 객지, 하며 창밖에 펄펄 날리는 하늘 눈사태 바라보는 나는 이런다,

이런 날은 이 조태 칼국수만이
저 을씨년하고 어두운 날씨를 이길 수 있다.

청제비 울음소리

눈은 지열이 비늘처럼 날아다니는
염천을 내다보고 날아간다
눈을 땅에 무섭게 붙이고
술이 취한 듯 칼날처럼
망막이 부서진 채 견사망을 통과한다

그의 눈에 열리는 저 숱한 비늘들
그 사이를 날아가는 한 자루의 목숨길
비늘들 다 몸에 붙이고
날아가다 어느 길바닥에 떨어져
자신의 눈을 벌레에게 주고 말아도

슬픔은 그때 청제비 울음을 탓하고
신은 하얀 망사를 아무도 모르게
걷어올리리
아주 맑은 울음소리 끊어지고
나는 영 상관없는 책을 읽고 있으리

고니 발을 보다

고니들의 기다란 가느다란 발이 논둑을 넘어간다
넘어가면서 마른
풀 하나 건들지 않는다

나는 그 발목들만 보다가 그 상부가 문득 궁금했다 과
연 나는
　그 가느다란 기다란 고니들의 발 위쪽을 상상할 수 있
을까

　얼마나 기품 있는 모습이 그 위에 있다는 것을

　고니 한 식구들이 눈밭 속을 걸어가다가 문득 멈추어
섰다
　고니들의 길고 가느다란 발은 정말 까맣고
　윤기나는 나뭇가지 같다
　(그들의 다리가 들어올려질 때는 작은 발가락들이 일
제히 오므라졌다

다시 내디딜 땐 그 세 발가락이 활짝 퍼졌다)
아 아무것도 들어올리지 않는!

반짝이는
그 사이로 눈발이 영화처럼 날아가고 있었다
그런데 마치 내게는 그들의 집이 저 눈 내리는 하늘 속
인 것 같았다
끝없이 눈들이 붐비는 하늘 속

고니들은 눈송이도 건들지 않는다

메뚜기들 죽은 곳

1

가시 돋친 다리를 세우고 있다
뜯어지지 않도록
잘 박은 풀잎 누런 겉날개 한 벌
이것이 나의 전부다
하나 더 있다면 연노랑 속치마
이 두 날개가 한꺼번에 펼쳐질 때
내 친구가 이걸 보면
푸르륵, 푸르륵
열화 같은 저 도심의 몹쓸 병은
깨끗이 다 나아버릴 거야
다 같이 날자, 풀뿌리 친구들아

2

이 풀밭을 슬퍼하진 마, 절대. 메뚜기들은 흙에서 태어

나니까. 메뚜기 머리는 웃음을 선사했지. 귀여운 풀씨줄기의 띠에선 초점 없는 수신의 슬픔을 찍지 않았니. 청맹과니 렌즈처럼. 하나만 안 보는 곁눈과 세 홑눈. 뒷발로 뛰어 날아가다 쿵, 쿵 벽에 부딪친다. 그래서 아래로 떨어지지만. 풀 앞에 우두망찰, 서 있는 나여라

　두리번, 이젠 어디로 갈까. 다 길이므로 길이 아니란 말 믿고. 괴상한 메뚜기 화상들의 길은 공중에서 불탄다. 이 풀밭에서 마지막 처음으로 흩날리는 강설을 맞을 터인데. 노랗고 새파란 옷날개를 접은 여자 어깨 같은 숨관의 작은 등엔 눈이 내릴 터. 풀잎에 가슴을 대고 있는 너희들도 초침 같은 소리가 몸에 뛰는가.

　　　3

　풀아 풀아, 잠드는 새벽 풀아
　차가워지는 흙에 뺨을 대고

깨어나지 마라, 고이 잠들어 있어라
우리들이 날아갈 차례 너희만이
잠들지 못하는
우리의 친구, 우리의 불멸
풀뿌리 젖을 물고 너희와 자고 싶다
산바람이 숨은 풀잎의 그늘
가시 돋친 다리를 세운 채
정말 모두 남김없이 잠들었니?

고흐의 접시그림
사할린 운상(雲上)에게

자그만 접시 속의 그림.

　수건을 쓴 아내는 얼굴을 팔에 묻고, 남편 곁에 모로 누웠다 모자를 눌러쓴 남편은 두 팔을 젖혀 베개 삼고 벌렁 누웠다 아내는 평생을 남편 따라 같이 살 사람 남편은 아내를 데리고 평생 살아갈 사람 집채만 한 짚가리 밑에 누워 있는, 두 사람—
　하나면서 둘이면서 둘이면서 하나면서 유럽 어느 들녘, 짐심을 마치고 잠시 천국처럼 소녀 소년처럼 잠들었네 이녁은 양말을 신고, 저녁은 양말을 벗었군 발가락이 보이오 황금 알곡의 추수만큼 잠이 단 가을

　이 지상 접시그림 속의 두 사람.

음악을 죽인 거리

오래된 순간이었다,
음악상자가 길바닥에 떨어진 것은
교정 치아가 부서지고 옷이 찢어졌다 하체가 해체됐다
보청기 모양의 아기, 고무 타이어에 으깨지고
모든 기능은 멈추었다
그녀의 귓구멍만 한 리씨버, 생의 거짓이 도로에 누
웠다
바리케이드 너머 싸이렌은 울어도
환한 열 손가락은 하늘을 향해 모두 폈다 마디에 그녀의
힘이 빠져나가는 도심
흩어진 머릿결 속에서 빨간 피가 천천히 흘러나왔고,
한 마리, 피의 줄기 같은 우스꽝스럼
음악이 죽은 거리는 갑자기 어느 생의 아침이 딱 멈춘
텅 빈, 비현실 도로
나는 매일 그녀가 죽은 그 자리를 피해 건넌다
마치 펭귄이 남극에서 달로 건너듯
왼쪽 뺨과 오른쪽 귀에 음악이 파닥이는 오전 8시

한 여자가 아스팔트에 작은 코를 박고
쓰러져, 울고 있다.

솔봉아 가지 않는 산이다

이 가을
당신들과 인사동에서나 머물 사람이 아니다
질끈 끈을 죄어 아기만 한 짐을 차고 저 산으로 가지
이 불타는 가을은
인사동 골목에서
눈곱만 한 가을에 기대 울 사나이가 아니다 나도
눈에 아이섀도우를 하고 남자나 기다릴 여자가 아니다
못난 척하면서 속으로 다 영글고
잘난 척하는 사람도 아니다
나는 이 가을
소주나 한잔 놓고 짜증내고, 상을 치고 소리치는 위인
이 아니다
혼자 먼 산 너머 산속으로 내보내지
그림자를 따라 뛰어가는 상수리나무 찬바람에
수십 개 부채를 다 부쳐주어도 아니될
이 가을은
통곡이라도 하고 싶은 산이다 청잣빛 벽공 하늘 아래

낙엽처럼 불과 함께 호올, 타버리고 싶은

짠한, 짠한 가을

연대를 표기하지 못한 국토에 넘쳐 너울대는 불길

내 몸속에 표지기 하나로 팔락이는

대간길 어느 비알길에서는

불갈비처럼 타고 있는 저 산가을

고작 플라스틱 잠자리의 두 날개 위에서 말라 눈감는

이 석석한 가을

솔봉아 우리는 가지 않는 산이다

풀, 풀, 풀

1

풀은, 뼈가 없지. 살뿐이지. 살도 설계뿐이지. 풀은 저 먼 곳으로 가서 흰 뼈가 된다. 나중에 혀와 놀고 젖이 되지. 설계를 버리고 길을 건너 육체의 골짜기를 만나는 거지. 눈도 만나지. 겨울을 나고 엉뚱한 곳에서 다시 풀이 돼. 풀은, 어머니지 누이지. 풀은 알아 소년을 사랑하고 노년을 사랑해. 풀은 기다려. 지금도. 풀의 나라에 바람이 가면 풀들은 엎드려주지.

2

풀은, 속삭인다, 초설(草舌)! 하고. 신경이 없는 간처럼. 그 풀의 혀, 지나온 날들이 간지럽다. 흙내를 좋아하는 나의 풀. 나의 몸. 섬유질로 혼자 놀고 있지. 자기 손을 가지고 노는 아기처럼. 잠시 있다 가지. 가버리지. 형상을 만들고 버리고. 풀은 말하지 않아. 해가 져도 추운 아침이 와도 물이 얼어도. 풀은 노래해. 숨어서.

옛 사랑의 말은 새로운 사랑의 말로 바뀐다*

* 이 행은 18세기 베트남의 전쟁서사시 『정부음곡(征婦吟曲)』
  (원정군 아내의 노래. 배양수 옮김) 산문본의 한 구절임.

청화

오십육년간 하루 한끼 하다
절에 비 오는 낮은 궁금했을 것
눈 날리는 날은 더 적적해
친구 없어 몸이라도 굴리고 싶게

이 나라 청화
중이여, 우리에겐 그대가 있군
가장 깊은 곳에서 높은 그대
저 텅 빈 듯한 산중에
지금은 또 누가 삶을 견딜까

그의 창자는 아무리 날이 좋고
마음산 어두워도
하루 한끼만 받고 궁금했던
그대 작은 신발, 만지고 싶다

너무나 작은 먼지에서

우주 쇼

그 별에선 한 위대한 발명가가 있어
전기를 만들어 밤을 밝히고
술을 만들어 마시고
글자를 만들어 자기들끼리 의사를 전달하고
사랑과 운명의 논리를 펴며
태어나고 죽어가는 존재들이 있어왔다

그 먼 하늘에서 나는 지금
저자를 모르는 한 권의 책을 펼치고 있다
어두운 눈으로
캄캄한 우주 어느 별에서, 태양의 빛으로
나루터 객을 보내는 슬픔의 별을 혼자
읽는다 빛을 더 밝혀다오

하류(下流)의 시

나의 시는 하류의 기러기들을 보고 싶어한다
또다른 나의 시는 기러기들의 저녁을 알고 싶어한다
기러기들이 날아가는 그 밑에 서고
그 날갯소리가 되고 싶다는 말을 하지 않는다

멀리 보면 비야(非野) 같은 모든 삶은 고통스럽지 않고
장난 같아 보여도 그러나 장난이 아니라면
이 또한 얼마나 유희가 못 되는 삶은 아찔하고 슬프랴

아니다 하늘로 솟은 플라타너스 우듬지로 날아오르는
검은 날개들의 실루엣이 아름답다 나의 시는
말하고 여기서 절망한다 날개들이 이룬 깃이
넘어가는 높이는 결코 높지가 않았으니

겨울의 황금노을은 가슴에 날카로운 금을 남기고
조금 뒤 어둠의 연기만 남긴다 할지라도
고통은 그 속에 숨는 것일 뿐

잠드는 연기 끝에 남은 재를 뒤적이며 나는
또 어쩔 수 없이 나를 나의 시에 영영 의탁하려 한다

하류를 떠나 어디론가 날아가는 몸들을 바라본다
하류처럼 내 강의 정서는 나날이 말라갈 뿐이다

눈 소리

하늘이 매를 맞는다, 문을 열어놓고

새파랗게 새파랗게 매를 맞다가
새하얗게 날리고 만다
산도 바다도 엉엉 울고 만다 그예
생을 말하지 못해
나도 얼어붙은 청맹과니가 된다
나무는 나무 바위는 바위가 된다
피가 흙이 되고 종이가 되고
바위가 되어버린 글자들
사랑의 날들을 잊기 위해
하늘은 문을 열어놓고 매를 맞는다
저 국적 없는 강설
다 내려도 다 못 쌓이는 걸
내리고 또 내려 쌓인다
가는 길을 막고 가는 눈을 막고
오늘도 매를 때리고 쾅 문을 잠그는

아버지
오늘도 똑같은 색깔의 매
보라, 한 그루 물푸레나무만
파랗게 독이 오른다

저 깊은 산중에 얼얼얼 얼지 못하고
얼얼얼 말을 풀지 못하고

하늘에 떠 있는 수많은 돌

산돌을 밟으며 나는 상상할 수 있다, 이것이 화산이었
다는 것을
이 돌들이 심장을 단숨에 연소시킨 불이었다는 것을
나무들은 그럼 어디서 왔는가 나는 모르지
그것이 설악의 화두다 알 길 없는
이 물음을 찾아 나는 설악의 돌을 밟고 걷는다

모든 설악의 밤은 비밀을 지키고 있다
입이 불에 데어 말할 수가 없다 때론 어떤 자들은
그것을 스스로의 우주의 저항이라 하지만 그들의 입은
달라붙어버렸다
화석이여 말문은 열지 마라 침묵을 지키자
이 산속 가득한 나무들의 생애들이 알지 않느냐

뼈의 나뭇가지들 아래 뒹구는 불타버린 이빨, 등골 자
국들
널려 있는 설악의 세계, 검은 화강암이 된

죽음의 길바닥을 만든, 울퉁불퉁한 혀들을 밟는다

나는 캄캄한 밤하늘로 올라가 돌아오지 않는 빛의 영
혼들을 본다

머리를 들어, 아 하늘 속에 떠 있는 수많은 돌들을 쳐다
본다

젖
차양을 쳐주어라

나는 사람들 어깨 너머로 보고 있다

차들이 지나가는 길가에 어미 진돗개가 모로 쓰러져 새끼들에게 젖을 물리고 있다 어미는 새끼들에게 꼼짝못하고, 한순간의 짧고 강한 사랑의 대가를 받고 있다 얼굴을 마구 들이미는 엄마의 젖, 젖꼭지 열이 새빨갛다 멍이 들다 이젠 쭈글쭈글했다 헉헉대는 어미가 슬그머니 일어나더니 자리를 옮긴다 새끼들은 눈을 뜨려고 사방을 장님들처럼 두리번거린다 혼자 있기도 힘겨운, 플라타너스 잎들이 너울거리는 여름 한낮

지나가다 들여다보지 않는 사람이 없다 아, 젖 둘 달린 사람보다 더하다 아 저 보살 좀 보게! 말 못하는 보살

청모의 노래

제방에 앉아 논을 본다.

아직 벼라 할 수 없는 청모들이다. 부드러운 바람에 물결치는 풀잎들. 이 나라의 보기 드문 자유를 본다. 마음을 풀어 저들에게 주고 나면, 나는 허허롭기만 한 사람. 저들 속을 날아다니는 바람이 된다. 새파란 잎들은 아직 줄기를 뽑지 않아 소년이지만, 옛날 호수의 물결이 물가로 다가오던 그 쓸쓸함조차 있다. 쏴아, 쏴아 나는 어느 먼 바닷가를 찾아 무릎을 안고 있는 듯. 여기는 굵어가는 청모 밑둥의 6월, 고단함을 잊고 잠시 쉬어도 되는 김포 청모의 풀밭.

바람은 이 제방에서 청모의 노래를 불러주시오. 여기서 쉬어가려오.

명태여, 이 시만 남았다

졸짱붕알을 달고 명태들 먼 샛바다 밖으로 휘파람 불며 빠져나간다 덕장 밑 잔설에 새파란 나생이 솟아나올 때 바람 불면 아들이랑 하늘 쳐다보며 황태 두 코다리 잡아당겨 망치로 머리 허리 꼬리 퍽퍽 두드려 울타리 밑에 짚불 놓아 연기 피우며 두 마리 불에 구워 먹던 2월 어느날

개학날도 다가오고 나는 오늘을 안 듯 눈구덩이 설악으로 끌려가는 해를 무연히 바라보다 오만 데 바다로 눈길 준 지 잠시인걸 엊그제 속초 설 쇠고 오다 미시령 삼거리서 사온 누렁이 두 마리 돌로 두드려 혼자 뜯어 먹자니, 내 나이보다 아래가 되신 선친이 불현듯 생각나

아버지가 되려고 아들을 불러 앉히고 그 중태를 죽죽 찢어 입에 넣어주었다 그 황태 쓸개 간 있던 곳에서 눈 냄새가 나고 납설수 냄새도 나자 아버지 냄새가 났다 슬프다기보다 50년 신춘에 이렇게 건태 뜯어 먹는 버릇도

아버지를 닮았으니, 아들도 나를 닮을 것이다

　명태들이 삭은 이빨로 떠나는 새달, 그렇게 머리를 두
드려 구워 먹고 초록의 동북 바다로 겨울을 보내주면, 양
력 2월 중순에 정월 대보름은 달려왔고 우리 부자는 친구
처럼 건태를 구워 먹고 봄을 맞았다 남은 건 내 몸밖에 없
으나 새 2월은 그렇게 왔다 가서 이 시만 이렇게 남았다

나의 최초의 빛

전공이 작은 애자를 대고
약한 서까래를 눌러 나사를 대고
드라이버를 돌린다
뿌지직, 하는 소리가 신기하게 쳐다보는
내 얼굴 위에 떨어졌다
마른 하얀 나무가루가 떨어졌다
나무가루는 북강원 해변가
외진 곳 우리집의 내력이다
참새들이 살고 새끼를 치고 잠을 자고
아침을 불러내던 곳
탈 없이도 굼벵이가 살던 곳
애자에 빨간 하얀 두 줄이
정지 한쪽까지 같이 이어지던
먼 춘분 무렵 그날, 훤히 어둡던 저녁
공중에 달린 검은 소켓을 돌렸다
찰칵, 플래시가 터지듯
아 빛이 쏟아져나왔다! 최초의 새 빛

부모와 손뼉을 치던 날
아직도 나는 잊지 못했네
눈과 빛이 너무 밝으면 먼 마을의
그 어린 빛이 생각나
필라멘트 대롱대롱 달린 눈부신 불빛
아득, 내 귀가 어두웠던 눈빛.

고니 발에는

고니 발에는 자석이 붙어 있다
저릿저릿할 것이다
흙 속에 숨은 검은 철가루와
눈이 발가락에 척척 달라붙으면
바람이 얼굴을 간질이면
고니들은 가만히 발을 들어올린다
밟지 않는다 피해간다
고니들이 결국은 날아가고 말듯
고니들이 온 곳은 하늘
잠시 지상에 내렸을 뿐이다
그들이 돌아가는 곳은 아무것도
세울 수 없는 텅 빈, 파란, 깊은
무소(無巢)의 공중이다.

벌레

풀잠을 자고 싶은 게지.
나 지금 하고 싶은데.
지금 할까?
참았다가 모레 합시다.
싫은데……

저 높은 산에나 올라갔다
오세요!
꽃 벌레는 횅하니
눈이 멀 것 같은
불볕 속으로 나가버린다.

하늘 글

다 가고 난 다음 10년 뒤의 모습
사진리 가니까 눈이 하나도 없었다
다 치워져 말라붙었고
흙만 있고 불볕살만 튀고 있었다

여름이 러닝셔츠를 입고
겨드랑이 내놓고 그늘 밑에 누워 있었다
그는 나를 30년 만에 보는데
일어나지 않았다
하늘을 대신해 책을 보고 있었다
다 돌아오면 쓸데없는 일이 되나

여름은 나를 그렇게 무덤덤하게 맞았다
그게 사진리*였다 오징어 빨갛게 마르던
감당나무 열매 저쪽
생사가 궁금하지 않은

사진리엔 눈이 오지 않아
겨울이 되어야 내가 보고 싶겠나
눈이 기억 없는 여름을 한없이 간다
시간이여 시간 있으면
내 눈을 잘 들여다보아다오

이곳에 잠들고 세상에서 가장 큰 경계선
그 너머로 날아가고 싶지 않다.

* 속초 장사동의 바닷가 마을로 시인의 고향.

코이께 마사요(小池昌代)

나는 가끔 코이께 마사요! 하고 한숨을 쉰다
그리고 들이쉰다
불볕 모래불이 일본까지 움직인다

예전에 강이라 했던 바다 하나 건너
가까운 나라 어떤 여성
전철을 타고 가다가 출입문 창밖으로 추억을 본 그이
바다를 보듯 빨랫줄을 공중 휘어뜨리며
바람에 날아올라가는
흰 빨래를 보듯

그다음부터 계속
카와쯔 쿄오에(河津聖惠)라는 시인도 찾아는 가보지만
다시 만날 수 없는 사람들처럼(그렇다 사실 우리는 만
날 수 없다)
만질 수 없는 사랑니처럼
어딘가를 넘어가는, 지금 해 지기 전 넘어가는

줄기 같은 사람들이기에
코이께 마사요를 생각하면
나는 또 이렇게 한숨을 쉰다

코이께 마사요!

밤사람

엄마, 저거
하고 전봇대 그림자를 데리고 들어가자고
졸랐지 엄마는 밤이 깊었으니 들어가 자자고
하셨지

엄마는 아이의 말을 알아듣지 못했지
아이는 계속 말했지
엄마 저거 데리고 들어가 하고 말했지
전봇대는 꼼짝도 않고 거기
서 있었지
전봇대도 아이의 말을 듣지 못했지
그 아래 꽃들이 피어 있었지

아이가 태어난 지 3년 전쟁이 끝난 지 3년
바다에서 달은 떠올라 전봇대를 똑바로 비추고 있었다
빤히 쳐다보고 있었지

엄마는 아이를 데리고 들어가
눈에 담은 그림자를 마당에 두고
새벽까지 칭얼대는 아이를 토닥이다 잠이 들었지
아이의 가슴은 작았지
엄마 손바닥만 했지

모래마당에 길게 누워 있던 그림자
모래마당의 그 수직 그림자
우리는 추억을 다 잊어버리고 말았지
그 사람 이젠 거기 없을까

네거티브, 검판
김정환 시인에게

이렇게 그리울 줄 알았으면

사진 찍어둘 것을
1980년대 초, 서울 살러 왔을 때
종로3가에서 을지로3가 사이
지하철공사장, 거대한 수로처럼 철기둥이 땅속으로
마구 들어가 박힌 대로(大路), 산더미처럼 쌓여 있던
그 붉고 검은 흙들 진창들

흑백으로라도 웃는 둘을 잠시만 세워두었더라면

그 길로 곡예하듯
검판 보러 가던 여름과 겨울이 보고 싶진 않았을 것
기록만 있다면 벌레 먹어도 좋은 것
매미는 울어대고 오공(五共)시대 끝에서 타던 청계천
을지로는 3·1고가로 침침한
눈 펑펑 내리던 그 흑백의 길

내 횡격막 속에 묻힌 역사적인 그 길

지금 그 길, 대화와 수서로 영원한

휴가중, 도둑은 가버리고 늦은 화살만 날고 있는

한낮

그때 서른 무렵이었으니! 너무나 바쁜, 공화국의

폐차통지서를 받고
서울45 라4706

사람만이 세계의 일부가 아니다
가족과 함께 도처를 떠돌아다닌 프라이드는
제 최종 폐차통지서를 보내고
내 마음속에서 한 시절처럼 사라졌다
거대한 폐차장에서
그는 북한산 흰 구름처럼 북으로 사라졌다
사람의 시간보다 아름답게
소녀는 성인이 되고 아기가 십대가 될 때
가족의 9년이 잠드는 폐차장
얼음 위 물처럼 흘러간 짧고도 긴
프라이드의 일생 속에
우리들 한쪽이 바라보이는 그 폐차장
심장을 떼어낸 목소리가 들려오는 듯했다
마구 부서진 프라이드의

돼지 기르는 집에서

저 많은 돼지들이 동시에 꿈을 꾼다면 서로 부딪치지
않을까
　현실이 다 깨어지고 말 것이다

　나여,
　저 3천 마리 꿀꿀거리는 정오의 돼지들은 꿈이 아니냐
　휘날리는 김포 끝의 강설처럼
　조심하여라, 무엇들이 저 돼지들의 꿈을 꾸는 것인지
하얀 이빨의 돼지들이
　겨울 하늘을 뚫는다

　갑자기 조용해진 정오의 식사시간…… 엄숙해라

양양 내수면연구소

서울 영하 10도 사무실에서
여의도 63빌딩을 쳐다본다 문득
양양 내수면연구소가 생각한 한 구절
암실 속의 물은 얼지 않는다
난로를 피우고
출근도장을 찍고 손을 비비는 사람
부산 사람 그는 대체 어떤 인물인가
양양 여자와 겨울마다 얼음을 깨부수며
그도 산을 다독이며 살아갈 것
무서운 설악산을 두고 남대천이 얼어서
세월은 잘도 가고 마을도 길도 산도
새롭게 늙어가는 연말
한 해만큼 무심한 산을 닮아가나
아침 햇살 속에
기억나지 않는 사람이 통 모를 날
저 한강 어디선가 생각하는 듯
양양 내수면연구소가 꽁꽁 얼어붙은
겨울, 해는 급히도 기울어간다

나옹

오늘 천천히 보니
저 하늘에는 그늘이 없구나
그저 푸른 하늘만 사태사태 가득할 뿐
눈이 시릴 뿐
그만 그 하늘 속으로 들어가고 싶다
그러곤 쾅 문을 닫고
다시 내려오고 싶지 않구려
이 세상 좋다는 것 다 버리고
오늘 눈을 떠보니
어리석은 자는 저 앞에 혼자 절뚝이며
두 목발로 걸어오고
간신히 새 한 마리 그늘을 달고 날아가는
맥 푸른 하늘 속
비명으로 질러 날아가는 파란 그늘 하나
줄기세포 사이로의 꿈처럼
거기 그의 작은
발목이 살짝 보였다오

미나리꽝

얼음 뜬 물을 밀치며
낫으로 미나리 쳐내는 여자들 야성의 소리
얏 얏 얏, 얏 얏 얏
시퍼런 미나리든가 미나리 치는 낫이든가
철벅이는 물이든가
눈 펑펑 날리는 무논
세상 몰라 파릇한 미나리 맘차게 베다
한아름 껴안고 쓰러져, 하늘처럼 웃어버리자
살붙이와 싸우듯 미나리와 싸우듯
그릇과 싸우듯
마침내 떠들썩한 여자들 웃음소리였으면
그 미나리 잎이었으면 줄기였으면

그러고, 양지쪽에 물러나 곱은 손을 쬐며
미나리강회나 데쳐 먹을까.

가지 울음

밤새밤새 가지 사이로
눈들이 지나갑니다
서로 날개를 치면서
그 어디에 있어도 모자라
세상 어디에도 없는 것으로
영혼조차 없는 산길
눈들도 길을 잃었습니다
잎들도 길을 잃고
아우성 속에 함께 삽니다
바람을 피할 수 없는 가지들
어디로 가는지 밤새밤새
모든 가지가 울고
바람만바람만 부는 밤
끝없이 눈 치고 가는 바람
내 귀가 재미있습니다

파주 북시티의 마지막 담배

햇살이 너무 좋아서
너무 가벼워
잠자리처럼 날 수 있을 것 같아서
다시 내려올 수 없는
하늘로 가버릴 것 같아서
좋아하는 타임 담배 한 개비를 빼니

이게 너무나 가벼워
라이터 작은 바퀴를 아래로 확 돌리자
퍽 맥없이
거친 손가락 위에 불이 솟아
가벼운 담배 끝에 불이 달라붙는 게

가을 한낮 햇살 속에서 우스웠고
나는 손가락 사이에 있는
타임 담배를 한모금 가볍게 빨아
화, 하고 공기 속에 내불었다

그 연기는 파란 공중으로 금방 사라져
자꾸 육탈처럼 느껴지는 종이로
책을 만드는
한강 하류 젖지 않은 조강 저녁

이렇게 끊었던 담배를 다시 피워보는
죽고 싶게 한가로운
저쪽 송악산 보이는 숨은 곳
파주 출판사 한낮 마당이 가고 있어

하릴없이
태양 아래 배꼽 밑을 빤히 보고 있네
담배 한대 환하게 피우고 있네
상스럽고 허무하게 터엉, 서 있다

천수(千手)

　남자는 해가 질 때 엉망이 된 머리로 미장원을 찾아온다
　그가 남자 머리를 만지면 내부는 수박 속 씨처럼 환해
진다
　미장원이 내다보이는 방안에서 남편은 독서를 한다
　벚꽃 필 때도 있었고 세모의 마른눈이 날린 날도 있었다
　서구에서 그는 은빗과 은가위를 들고 머리칼을 손가락
에 끼고
　아껴가며 삭둑삭둑 자른다 이렇게 떨어지는 머리카락
같았으면
　그러다 남자는 그의 천수 속에서 잠이 들었다
　천수의 손놀림은 안에서 흠흠 헛기침하는 소리를 무시
한다
　남자는 해가 지는 2001년 하노이에서 머리를 맡긴 사
람이 된다
　1월에 소가 풀을 뜯는 겨울은 나무 밑에서 이발을 했
던 것
　모근에 숨은 모든 악취는 연기처럼 사라져라! 제발

남자는 늘 이렇게 그의 가게에서 머리를 자르고 나왔다

남편은 그가 귀여운 모양이다 남자는 허락을 받은 사람처럼

그의 손에 맡겨졌고 그도 똑같이 머리를 어루만진다

어둠이 내다보이는 방안에서 남편은 독서를 계속한다

남자는 머리가 엉망이 되길 기다리며 도심에서 낡아갈 것이다

그도 남자도 조금씩 금빛처럼 노을처럼 사라지고 있지만

저쪽에 긴 여름비가 오고 은빛 천수의 은가위만 놀고 있을 뿐

겨울 논에서

친구여 저 남녘의 얼음이 반짝인다
죽창 같은 눈꽃 사이에
날아다니던 우리의 그 물보석들
친구여 저 찬바람 속으로 뛰어가서
누워 오입을 하자
감기가 들도록 오입을 하고
후회 없이 돌아오자
그리고 내 뺨과 볼기짝을 만져보라

다시 황량한 세월을 꿈꾸지 않느냐
삭풍 속 마른눈에 갈대처럼 서서
누가 왔는지 누가 갔는지
다시 물 얼어 흔들리는 세상의 고삐
친구 여자들아
푸석이는 깡깡한 들판으로 뛰어와라
파도 같은 바람을 만나고 가거라
그리고 거기서 원 없이 살다 가거라

11월 다람쥐

겨울이 오는 것을 알 거야
창자는
눈과 귀와 또 다르니까
낙엽에 떨어지는 눈을
피해
다람쥐는 창자를 따라갈 거야
가을이 모르는 길을 찾아
바람은
어디엔가 몸을 숨기고
착한 생명처럼
작은 창자는
다람쥐 몸속에 긴 하나의
줄처럼
눈 오는 나라에서 잠들 거야
가는 눈썹을 정지한 채
땅속에서

작고 시인

나도 죽을 수 있을 것이다

내 서가에는 작고 시인들 시집이 많다
건조되어 한곳에 빽빽이 꽂힌 채 말이 없다

경남 창원에서 여상 교사로 지내던
황선하 시인도 있다
시인은 시집을 내고 다시 서울에 오지 않았지
생각만 『이슬처럼』 책등에 있다

뽑아 먼지를 털면 그제서야 눈뜨면서
온몸이 아프다고 소리치지만,

나도 죽으면 서가에 남는 작고 시인이 된다

"가자./가자. 가자"던 실재 말의 영혼은
이슬처럼 사라지고

빈 시집만
13년간 나의 방 남쪽 낡은 6층 서가에 남은
작고 시인

시집도 껍데기다
생존 시인들은 작고 시인이 된다

이 말을 쓰고, 나는 자유롭게 봄을 외출한다

매직아이를 열지 마

물결 속에는 그녀가 숨어 있다
파란 눈빛으로 잠깐 나를 보고 사라진다, 잠시

매직아이는 그녀를 덮으며 다시 훗날 처음으로 돌아오
라 한다
그 눈으로만 보자 한다
다시 오늘로 돌아오라 이른다

꽃이 필 때, 매직아이를 펼칠 때

바다를 건너오다가 눈 아파, 춘분날 내려다보면
내 빛 너무 간절해
파란 꽃잎처럼 날개를 세우고 물결은 그녀를 보여준다

그녀는 수초처럼 나비처럼 사라진다
나는 다시 그 매직아이를 펼치지 않는다
죽는 날까지 죽은 날 다음다음, 다음날 다음 아침

열어볼 것이다

그때까진 혼자, 죽음 속에 홀로 있느니.

다시 비선대

이성선 시인에게

비선대(飛仙臺) 가면 길가에
살고 싶었던 물빛처럼 서 있는 서어나무 한 그루

아직도 아리고 그리운 것 있어서
그 비선대 꿈길을 찾지만
이정한 저녁 능선 황금 빛살에 놀라
나는 정말 수십년 밖을 돌아온 산속 같다

얼마나 잘 살았는지
무엇을 쓰면서 왔는지, 부끄러움 어둠에 쓱 문댄 듯
자주색 서어나무 한 그루만
잊혀진 채 내 것도 아닌 저의 쓸쓸함을
바람으로 쓰다듬는가

이제 저 깊은 먼 산속에
너희들 환한 불빛 소음 더는 없을지라도
비선대 물소리만

새벽 돌밭을 기던 우리들 옛 노래처럼 쓰리고 쓰린
저녁산, 물들이다

아직도 처녀인 한 그루 서어나무

우리 일생이 저렇듯 애타는 은빛 노을이라면
서어나무,
사랑할 수 있겠느냐, 저 산을 넘을 수 있겠느냐
얼굴 없는 서어나무 비선대 물가에 몸을 숨긴다

밤 미시령

저만큼 11시 불빛이 저만큼
보이는 용대리 굽은 길가에 차를 세워
도어를 열고 나와 서서 달을 보다가
물소리 듣는다
다시 차를 타고 이 밤 딸그락,
100원짜리 동전을 넣고 전화를 걸듯
시동을 걸고
천천히 미시령으로 향하는
밤 11시 내 몸의 불빛 두 줄기, 휘어지며
모든 차들 앞서 가게 하고
미시령에 올라서서
음, 기척을 내보지만
두려워하는 천불동 달처럼 복받친 마음
우리 무슨 특별한 약속은 없었지만
잠드는 속초 불빛을 보니
그는 가고 없구나
시의 행간은 얼마나 성성하게 가야 하는지

생수 한통 다 마시고

허전하단 말도 저 허공에 주지 않을뿐더러

―그 사람 다시 생각지 않으리

―그 사람 미워 다시 오지 않으리

다시 서울

서울은 서울에 다다르지 못했다
서울은 다른 곳에 도착했다
다른 서울에 서울은 건설되고 있다
우리는 불행하게 그들이 아니다
서울은 다른 곳으로 가고 있다
우리가 찾아야 할 서울은
깊숙한 우리 내부에 처박혀 있다
우리는 낯선 사람처럼 되었다
이 서울이 우리의 서울이 아니다
서울엔 다른 서울이 솟아오른 것
이 혼란을 이해할 수 있는가
서울은 어디 숨어 있는가
우리가 원하는 것은 세워지지 않고
우리가 원하는 길은 뚫리지 않고
다른 길을 열고 다른 곳에 와 있는
서울은 서울을 잃어버리고 말았다
너무나 낯선 곳에 도착한 서울

이곳은 우리가 찾은 서울이 아니다
서울은 잃은 길을 찾을 수가 없다

선상의 시

그녀는 공중 선 위에 앉아 있다
신인답게 젊고 힘있고 여자답게

젊은 사람이 언제 저렇게
세상과 삶에의 오만함과 절제를 배웠을까?
그녀는 이제 선을 얻었다
그 누구도 의지하지 않는다

그녀가 앉은 엉덩이만 한 자리
선상에서 그는 자유자재로 돌아앉기도 하고
일어서기도 한다

세상이 졸릴수록 그녀는 선을 펼친다
그녀는 자신을 완전히 통제할 수 있다
그 선을 맘대로 움직이지 못할 때까지
잘라내기 전까지

그녀는 그 선상에서 화장을 하고 잠든다
가까운 바다처럼, 정숙하며 음탕한 산처럼

중심에서 시를 쓰고 적절히 소비하면서
음악을 듣고 귤을 까먹고, 껍질을
경쟁 없는 쓰레기통에 버리며,

그늘 같은 자신의 한 생을 보낼 것이다
내일은 내일
그녀는 지금 기막힌 선상을 얻었다
선상이 그녀의 집이 되었다

모든 게임은 끝났다 어두워진다
그녀만 선상에서 태양처럼 게임을 즐긴다
너만이 선상의 여자며 주인공이다
그녀는 이미 위험하다

4월

죽은 것들이 돌아오느라
죽은 것들이 눈이 멀어 돌아오느라
줄기 부르트고,
꽃으로 애쓰던 잊은 것들 찾아오느라
살아 있던 날을 기억하려고
다른 '나'로 빠져나오려고
허연 죽음의 중심 목질부를 만지려고
물을 찾아 다시 움을 틔워 일어나느라
구름을 모아 문을 열고 달려가느라
접혔던 부분 하염없이 펴느라
가장 빛나는 생명의 꿈을 따르느라
좁은 길을 풀고
기억할 수 없는, 복제할 수 없는
형상을 입느라 자기 하나 옷을 만드느라
천지는 눈 시리게 숨쉬기 바쁜,
안 보이는 이름을 찾아내느라
한줄기 목숨을 얻어 끊어진 길 이으려고

길을 대고 처음 생에 닿느라
아 이름 부르며 부스러진 티끌들 모아
안 지치고 기쁘게 찾아오느라

단풍연어 매만지면서

험한 설악산이 단풍 들고 맑고 깨끗해지면
바다에서 연어들이 돌아온다

죽음을 단장하고……
마치 가을 하늘에 깃발이라도 꽂아 세울 듯
물소리 치며

나는 삶이 초라해서
지금도 가면 그 산을 뒤돌아보거나 외면해도
내 맘 설악산은
이곳에서 다 살다 더 누추해야 돌아갈 곳

춥고 을씨년스런 겨울 속으로
달려들어가는 슬픈 한떼의 연어들
이제 눈이 내리면 다 죽어 고요뿐일 텐데
양양으로 나가는 서울행 버스 몇번 좌석인가에
나는 또 타고 있으리

얼음 언 고드름 떨어지는 빗물을 쳐다보고
성가신 햇살에 눈살을 찌푸리던 날들처럼
눈물 지으며……

다시 떠나지 않는 날까지
다시 살러 떠날 것이다
마른 단풍연어를 매만지면서

여치의 눈

하느님이 처음 만들 때 눈빛과
손길이 보인다

잘 접혀진 파란 풀잎
울지 못하는 풀의 울음을 대신한다
나는,
가급적 날지 않으려는 너를 눈으로
들어올린다

하지만 나는
원래의 풀잎에 다시 놓아둔다
울어도 찍히지 않는 울음 때문에

여치,
풀잎 줄기 실뼈의 섬유질 속에
통곡이 파란, 가을을
나는 혼자

눈으로 접고 또 접고 있다

습벅한 눈길에
스스로 놀라 푸르르 날아가리라

버티컬 블라인드가 열릴 때

너의 등뒤에 뻬이징이 있다고
생각하지 마. 그녀가 자기 등뒤에 토오꾜오가 있다고
생각하지 않는 것처럼. 나도 그래
내 등뒤에 서울이 있다고 생각한 적은
없어. 뻬이징 밖에는 농민이 살고 풀들이 살아.
토오꾜오 밖에는 토오꾜오 만(灣)이 있고 파도가 있고,
서울 뒤에는 북한산이 있다는 것이지.
알지, 너도. 거긴 구름이나 바람이 가고 있지.
우리들 등뒤에 무엇이 있겠니.
얼굴 앞에는 해가 있고 그늘과 나뭇가지,
그리고 그 흔들림들, 우리를 끝없는 미래의 생으로
데려가면서 위로하고 있을 뿐이야. 그사이
우리는 잠시 마른 풀대와 한줌 씨앗을 남기고
아주 순하디순해져 사라지지.
평생 입으로 풀만을 물어뜯으며 살아온,
주인에게 안겨 심장을 바치는 몽골의 양처럼.
생각해봐, 우리는 그런 우리야.

우리 등뒤엔 주석도 대통령도 수상도 없어.
그들은 한때 우리와 함께 살던 이웃들일 뿐이지.
우리의 마음을 저 길처럼 낮게 해서
갈 수 없는 곳을 생각하는 것,
그것이 우리들의 아침이라 말하고 싶어.
오늘 나는, 혼자 서울에 있는 너를 생각하면
오늘 바람이 부니까 갈 수 없는 거리인 양
멀리서도 뻬이징과 토오꾜오와 서울이 보여,
각기 다른 시간에 다른 추억을 찾고 있을지라도.

얼어붙는 울음 하나

아내가 새로운 동체의 포자를 터뜨릴 때다
나는 아내에게 다가가지 않을 수 없었다
아내는 방안에 가만히 정좌하고 있었다
나는 햇살 속에서 어찌할 줄을 모르고
이리저리 날아다니고 있었다
언뜻 거맣빛 냉기에 아내의 여우만 한 작은 얼굴이 보
였지만
내 날갯소리에 거울은 사라져버렸다

그는 지금 어떤 얄궂은 마음이 됐으면 한다
어떤 무명씨의, 눈도 코도 모르는, 더할 나위 없는 꿈
으로
아내의 동체 속에서 다시
사랑 받는 자보다 사랑하는 자의 처지를 생각하며
나는 이미 포자가 되어 웃음을 터뜨릴 듯 뭉쳐 있었다
방에 앉아 있는 아내의 얼굴이 새로웠다
다른 사람의 사람이 된 듯
나는 추위 속에서 떨며 공중을 돌고 있다

나의 동굴

쿠웅.

속에서 무엇이 스러졌다. 건들지 않고 사나흘 놔두면 놈은 일어나 나를 충동질할 것이다. 그런데 기척이 없다. 그는 이제 나를 괴롭히지 않을 작정인가. 내 속에 무덤을 만들고 죽어버린 걸까.

갑자기 한번도 보지 못한 그가 보고 싶다. 나의 모멸과 학대를 감내하며 비굴하게 목숨을 부지해온, 흉측한 그. 여기까지 나를 멱살 잡고 끌고 온 지겨운 짐승…… 두 눈으론 볼 수 없는 괴이한 형상물

오늘부터

내부에서 부패의 냄새가 끓어오르기 시작했다(내부에 귀 기울여도 아무런 기척이 없다 죽은 것 같다)

놈의 감옥 서까래가 무너지기 시작했다

흰 모래의 잠

나는 오늘 저녁
불가*로 나가 자겠슴메

담요 한장 개켜넣고 둘둘 만 가마니 끼고 나가
바다 물색처럼 일없이 앉아 동네 여식아들 떠드는 혀
를 누워 만지면서 혼자 가마니 깔고 하늘 보고 앉았다 눕
겠슴메
아무도 없는 길주 성전
전봇대 하얀 애자들 징검돌처럼 달려가는
사진리 같은 바닷가,

여름 아침이 길기도 길고 덥기도 더웠다
내 다리에 자꾸 걸치는 여자 바다 팽개치고, 나는 거지
아이처럼
내일 아침은 또 산보다 푸른 불바다
함경산맥을 내다보고 올라가는 아침 거리, 동해 입술
속에 솟는 햇살은 아흐, 오시럽겠다

나 내일 함경산맥 보이는 함경도 바닷가에서, 해 미는
물소리에 함경산맥 보고 얼른 일어났을까
　나무처럼 자라는 나의 너의, 너의 나의 아이들아

　* 영북 지방에서 바닷가 백사장을 이르는 방언.

뚱칭*에서 온 한 여성을 위하여

쌜비어처럼 내 몸속에 한 여자가 있다
아예 내 몸속에 사내아이란 없다
아침해가 떠오른다 세상을 건지는 남자는 없다
여자 서른이 얼굴을 들여다보고 웃는다

세수, 해의 첫 출근

그녀는 서백두산 너머 변경에서 기다린다
그녀는 결코 호수를 떠나지 않을 것이다
첫아이를 낳은 여자의 엉덩이가 나무그늘 돌부리에
붙어 있다, 아침을 먹고 나와서
아기가 잠든 해먹을 한 손으로 흔들면
무거운 여름은 천천히 사라지는 법, 뚱칭 하늘까지

손을 흔든다, 그녀는

저 서울에서 백두산을 생각하는 사랑이 되었다

뜨락에서 풀잎을 가꾸는 비처럼

한 여자가 조용히 눈을 감는 내 몸속의 하루해

지고 있는 빨간, 입술 모양의 쎌비어

* 백두산 밑에 있는 지역. 2000년 옌삔에서 백두산으로 갈 때
  만난 이 주인공은 서울로 남편을 보내고 안도현 근처 호수에
  서 혼자 살고 있는 탈북녀로, 뚱칭(東靑)에서 왔다고 했다.

생전 도일처(都一處)*에 와서

공항 하늘에 너무 가볍게 비가 내리면
아내를 데리고 도일처를 찾아간다
네 맨발이 질컥질컥 물을 밟으며
해물을 넣은 뻘건 짬뽕이라도 먹으려고
모든 것이 잘 정리되다가도
계산동 쪽에 장마에 밀리면 도일처
유리창가에 있는 1입방미터도 못 되는
사각 어항에서 생전 사는 금룡이 보고파
오늘도 스프링 철문을 밀고
검정 우산을 플라스틱 우산통에 꽂고
비가 노는 창가에 앉는다
나의 눈은 파괴되는 빗방울을 본다
골방에 살면서 오만하기 이를 데 없는 놈
우리 내외가 쑥덕거려도
그는 비만 오면 찾아오는 우리를
구름 뒤의 행복한 꽃봉오리로나 보고
자신의 은빛 비늘만을 다듬는다

어떠한 기다림도 욕망도 없이

생전 텅 빈 맹물 속을 유한히 거닐 뿐

둘이 찾아온 우리를 쳐다도 보지 않는다

하지만, 내일도 비가 오면 우리는

늙기 전에 파란 우산을 쓰고

발과 어깨를 맞춰 음음 빗소리를 내면서

같이 도일처 독거어를 찾아갈 것이다

* 아파트 옆 김포공항 입구에 있는 중국요리점. 도시에 하나밖
  에 없는 곳이란 뜻인데 이곳에 금룡(金龍)이 산다. 팔뚝만
  한 은빛 비늘의 금룡은 둘이 있으면 싸워서 하나는 죽고 혼
  자 생활하는 독거어(獨居魚)다.

발바닥은 모시조개밭

온통 바닷속은 흰 조개밭

가슴께 물속, 발가락이 올리면 손이 조개를 받는다 동
한해류가 철썩 입을 친다 파아 물웃음이 터져나왔다
치잣빛 조개들은 뽀얗고 굵어 납 든 듯 단단하다 어떤
놈은 살랑 물결 속으로 운 좋게 미끄러져 나가지만 백회
색 조개들은 이마에 파란 파래 풀잎 하나씩은 꼭 물고
있다

당신 추억에, 때로는 서산으로 해가 기울어, 세월은 아
들의 어린 나이보다 슬펐겠지만,

조개를 물 밖으로 던질 때처럼 당신이 내 이름을 크게
불러준 적은 없다 컴컴한 물속으로 펼쳐진 은모래밭이랑
오돌토돌한 백조개들, 터질 듯 살을 물고 줄 서 있는 망
망 동해 속초 앞바다
물 밖은 덜덜덜 턱이 흔들려, 탁탁 이가 부닥쳐, 참외만

해진 아이가 얼어붙은 고추를 감추고 불을 쬐던 늦여름,

늙은 발바닥은 모시조개밭을 밟고 있다

싸우는 별을 보며

저 반짝이는 샛별은 소말리아의 별 아이들
저 반짝이는 개밥바라기는 이라크 소녀들의 별
저 반짝이는 초록별은 지구의 거울 속에 반짝이는 별
저 작은 별은 책을 보면서
새벽이 오는 것이 추워서 반짝이지요
짙푸르러 눈 뜰 수 없는 녹음 나라에도
태양은 아침에 엉덩이만 한 에너지와 빵을 주고 가요
불에 달군 따뜻한 돌멩이 하나까지 가슴에 껴안고
하지만 제국은 수많은 별을 달고 있으면서
저 하늘의 별을 쳐다볼 줄 몰라요 살아 있는!
저 추운 하늘의 별
그들은 은행과 무기와 책만 들여다보아요
사랑하는 사람들, 스피노자가 아니라 노자가 그랬어요
미워질수록 사랑하라고 노자 스승은 말했지요
혀는 살고 이빨은 망한다 했지만
사랑해요 당신을
저 반짝이는 별을 보고 같은 지구 저녁 시간에

잊을까 기억하고 있지요
날카로운 저녁 공원 나뭇잎을 쳐다보며
아무 생각도 하지 못하고 중단하는 나를 느껴요 그리고
모든 것이 소용없다는 생각이 꼬리를 물고 일어납니다
어떤 샛바람에도 저 별은
눈감지 않을 테지만 책을 보면서
소용없다, 모두 불행하고 다 싫다고 하면서
울어요 이 말을, 나는 이길 수도 물리칠 수도 없어요
저녁별 보고 있으면 나뭇잎들만 눈꺼풀에서 출렁여요
내 가슴속에서 나뭇잎 하나 흔들려요

앗 첫얼음 얼다

남자 하나 붙잡아두지 못하고
여자 하나 기다리게 하지 못하고

너무나 많은 말을 하고 돌아온 날 밤, 혀는 닳아버린다

십이지장 밑 어두운 장 속에서 자책하며
돌은 앓아눕는다, 허기를 추위를 앓는 시간,
얼음은, 물은 정신을 잃고 얼어붙는다

―첫얼음은 늘 내 심장을 붙잡고 밀치는 힘!
어리석음과 욕망의 끝

몸이 빠져나간 빈 코트가 걸려 있는,
황량한 정신의 가지에 새는 없다, 얼음의 뿌리가
다시 나뭇결 속으로 뻗쳐 올라간다,

불타버린 영혼만이 물에 잎의 지문을 찍는다,

같이 길바닥에 엎드린, 먼지 덮인 첫얼음, 사랑의 비애
사랑의 비애는 삶의 창상

모두가 아침 실루엣을 옷 해입고 뛰어갔다, 낙엽과
알 수 없는 암실 속 이촉으로

그러나 저 박빙을, 초빙(初氷)을 누가 깨뜨리는가
얼음이 어떻게 처음 창상으로 얼었는지 기억 못한 채,

첫얼음 속엔
모든 첫사랑의 폐허, 해토 그후가 보인다

찢어지다, 또 찢어지다

서울

고양이 얼굴만 했다. 고막이 터져 남의 나라 처마 아래 계단이 되어 있다. 비바람을 받은 몸은 풍향계가 되었다. 종아리와 입술이 터진 채. 음식점 문 앞에 죽은 듯 앉아. 낮이 되면 누군가 부축해 데려간다. 그는 곧 늑대가 되다가 쥐가 되다가 다 그만둔다.

창을 내다본다. 부러진 손가락이 아코디언을 잡고 있다. 자신이 눈감는 걸 사람들 어깨 사이로 보여준다. 우리가 다 잊은 그 옛날 백거이의 다저녁 비파행은 아니다. 서울이다. 무서운 저녁이 온다.

핏빛 저녁은 불행의 길로 이어진다. 그는 며칠 나타나다 사라졌다. 꽃샘 기침처럼 일산화탄소가 뛰어나왔다. 그는 길에서 그것을 슬픔처럼 깊이깊이 마셨다. 그 길을 걷는 동안 그는 메뚜기처럼 작아졌다. 죽음도 해학이 되었다. 지하철의 공기가 얼어붙었다.

4월

무디어진,

내 모든 모세혈관을 잘라서 갈라서 이 봄바람에
창난, 지렁이 속처럼
널고,
한길에 처음 찾아온 영북의 낯선 여행객 눈으로
구두코로

본다면,

4월이 진짜 4월 속을 보여줄까?

경호원 K

30대 경호원은 늘 빠르고 간결하다
경호원의 철학은 '간단'이다
그의 걸음걸이는 늘 한쪽으로 기울었다
경호원 몸속엔 권총이 있다
그 권총이 자신의 유일한 노리개다
잠자리에서 그는 작은 여자에게
검은 권총을 만져보라고 꺼내 보인다
손바닥에 들어오는 독일제 권총
총알은 약실에 박혀 있다고 말한다
한 방이면 끝이라고 중얼거린다
그럴 때, 권총은 남자 같다
그는 그녀 존재를 잊지 않는다 그에게
그녀는 울타리에 떠오르는 아침해다
여름 내내 향수내가 은은하다
경호란 순식간의 본능적 감각이며
상대의 화약내를 먼저 맡는 후각이라고
노을을 본다, 피 같고 꽃 같다
그는 위기와 경계가 있는 남자가 좋다

아니 그 속에 숨은 노란 딱지의 실탄
어떤 불립문자나 암호 같은
그는 그 생각을 하면 정말 경호원 K의
존재를 깨닫는다, 문득문득
그는 경호원을 무지개처럼 쳐다본다
매일 저녁, 나무처럼 기다리면
인생은 아침 같고 저녁 같다는 걸 안다
여자는 그러나 행복하다
항상 립스틱을 하고 머리를 손질한다
머리를 짧게 잘라 귀를 내놓은 그녀
뇌리를 지나가고 있는 진행형의 총알
때론 지루한 장난감이라도
경호원의 생은 권총의 무게감이 있다
한 공간을 뚫고 가는 단 한 방의
경호원 K의 마지막 총알을 생각해본다
경호원 K의 방아쇠를 생각해본다
경호원 K의 권총에선 별 냄새가 난다

■

해설

모자이크된 육체, 그리고 검은 날개들의 실루엣

김춘식

고형렬 시인은 이번 시집 『밤 미시령』에서 '아름답다'라는 말에 집착하는 모습을 많이 보여준다. 좀더 자세히 말한다면, '아름답다'라는 감정 속에 깃들여 있는 복잡한 감정의 실타래와 그 감정에 연관된 기억으로부터 시인은 자신의 새로운 시적 자의식을 찾고 있다고 할 수 있다.

'아름답다'라는 말이 던져주는 암시는 언제나 무엇인가에 대한 '매혹'을 연상하게 만든다. 그러나 이러한 '매혹'이라는 감정의 스펙트럼은 의외로 복잡한 것으로 시인을 특정한 대상에 집착하게 만드는 심리적 기원이나 원체험을 그 안에 감추고 있거나 특정한 '대상'을 여러 편의 시에서 변형시키면서 잘 잡히지 않는 '대상'의 실체 혹은 아름다움을 그려보고자 하는 욕망을 시인으로 하여금 끊임없이 재생시키고는 한다.

고형렬 시인의 이번 시집에는 이런 형태의 '매혹' 혹은 '아름다움'에의 지향이 두드러지게 많이 나타나는데, 그가 그려내려고 하는 '대상'의 실루엣은 이 점에서 구체적이기보다는 모호한 형태로 나타나며 상당히 근원적인 상실과 허무, 치욕 등 복합적인 감정의 변형태를 보여준다. 즉, 그의 '매혹'은 일종의 역설로서 구체적 '대상'으로부터 출발한 것이 아니라 '현실적인 것' '일상적인 것'에 대한 '승화'의식 혹은 의지에서 발생한 시적 자의식의 형태를 띤다는 점이 특징이다. 따라서 그의 시에 나타나는 '아름답다'는 단순한 대상에 대한 '매혹'이 아니라, '비애'의 승화라는 감정의 변주로서 다양한 대상의 이미지를 소환하는 형태를 취한다.

"나는 그 발목들만 보다가 그 상부가 문득 궁금했다 과연 나는/그 가느다란 기다란 고니의 발 위쪽을 상상할 수 있을까"(「고니 발을 보다」)라는 시인의 질문은 그의 '시적 매혹'이 '상부'에 대한 궁금증에서 출발하고 있음을 암시한다. 그 '기다란 고니의 발' 위쪽에 있는 것을 '정신'이라고 말한다면, 그 정신은 '저 눈 내리는 하늘 속' 즉 '초월'의 기표 혹은 이미지를 지닌 것이다. 높은 곳에 있는

'정신의 집'과 시인이 거처하는 '지상'의 격차 사이에서 그의 시적 자의식의 '분투'가 시작되는 것이다.

시의 고처(高處)에 대한 고형렬 시인의 지향은 이 점에서 이중적이다. 인간적, 육체적, 일상적 삶과 기억 속의 아름다움, 정신의 고처, 시의 아름다움 사이의 갈등과 대립은 시인에게 초월과 추락이라는 두 가지 지향점을 남겨놓는데, 그 지향점은 '비애'라는 감정을 통해서 서로 어긋나며 서로를 응시한다.

나의 시는 하류의 기러기들을 보고 싶어한다
또다른 나의 시는 기러기들의 저녁을 알고 싶어한다
기러기들이 날아가는 그 밑에 서고
그 날갯소리가 되고 싶다는 말을 하지 않는다

멀리 보면 비야(非野) 같은 모든 삶은 고통스럽지 않고
장난 같아 보여도 그러나 장난이 아니라면
이 또한 얼마나 유희가 못 되는 삶은 아찔하고 슬프랴

아니다 하늘로 솟은 플라타너스 우듬지로 날아오

르는

    검은 날개들의 실루엣이 아름답다 나의 시는
    말하고 여기서 절망한다 날개들이 이룬 깃이
    넘어가는 높이는 결코 높지가 않았으니

    겨울의 황금노을은 가슴에 날카로운 금을 남기고
    조금 뒤 어둠의 연기만 남긴다 할지라도
    고통은 그 속에 숨는 것일 뿐
    잠드는 연기 끝에 재를 뒤적이며 나는
    또 어쩔 수 없이 나를 나의 시에 영영 의탁하려 한다

    하류를 떠나 어디론가 날아가는 몸들을 바라본다
    하류처럼 내 강의 정서는 나날이 말라갈 뿐이다

                   —「하류(下流)의 시」 전문

   인용한 시는 초월과 추락, 혹은 떠남과 남겨지는 것 사이의 교차를 잘 보여주는 작품이다. 시인의 시적 자의식은 위에서 보듯이, '하류의 기러기를 보고 싶어한다'와 '기러기들의 저녁을 알고 싶다'라는 두 지점 사이에 존재한다. 이 점에서 '보고 싶다'와 '알고 싶다' 사이에는 어떤 근원적인 '차이'와 절망이 존재한다.

시인이 "하늘로 솟은 플라타너스 우듬지로 날아오르는/검은 날개들의 실루엣이 아름답다 나의 시는/말하고 여기서 절망한다 날개들이 이룬 깃이/넘어가는 높이는 결코 높지가 않았으니"라고 말한 것처럼 "하류를 떠나 어디론가 날아가는 몸들"이 시인에게 남겨놓은 '아름다움'이 비애나 절망으로 변화되는 순간의 체험은 이 점에서 상당히 불안정한 정서라고 여겨진다.

"기러기들이 날아가는 그 밑에 서고/그 날갯소리가 되고 싶다는 말을 하지 않는다"라는 시인의 말처럼, 의식적으로는 떠남과 남겨짐, 하류의 기러기와 기러기들의 저녁 사이의 차이를 무화시키는 '날갯소리'가 그의 시적 지향점이 되어야 함에도 불구하고, 시인의 고백은 "하류처럼 내 강의 정서는 나날이 말라갈 뿐이다"라는 것으로 종결된다. 즉, '날갯소리'가 의식적인 절충이라면 그의 시는 이러한 절충지대가 아닌 한없는 비애와 분열의 나락 속에 그냥 머물러 있는 것이다. 이 점에서 떠나는 것과 남겨지는 것 사이에서 오는 '상실의 비애' 속에 그냥 몸을 담그고 있는 것 또한 이 시인의 또다른 '선택'인 것이다.

세월의 강물 건너가는 그림자로
얼굴도 팔도 하나가 된

이제 어디 있는지를 모르는

나를 찾으러

제일 아름다운 사람 하나와

가다가 나는 없어지고

그 사람만 남게 해

—「강상(江上) 유람(遊覽)이라면」 부분

　이번 시집에서 자주 등장하는 표현 중에는 '사라진다' '없어진다'와 '남는다'가 있다. 결국, 순간적인 것과 영원한 것 사이의 간극을 직접 몸으로 체험해낸다는 의미가 이번 시집에서 시인의 중심적인 화두로 자리잡고 있는 듯하다.

　인용한 시에서도 보듯이, 인생을 '순간성'으로 바라보게 하는 원인은 어쨌든 그 기나긴 인생의 여정조차 짧은 '유람'으로 만들어버리는 '시간과 기억의 힘' 때문이다. "나를 찾으러" 떠난 여행에서조차 나는 찾지도 못한 채 결국 "나는 없어지고/그 사람만 남게" 한다는 전언은, 비통한 고백이면서 동시에 깨달음의 결과이다. '나를 찾는다'는 여행의 최종적인 종착점이 '그를 남겨놓는다'는 것임을 어렴풋이 알게 되었을 때 오는 슬픔은 또다른 역설적 아름다움이다. 그것은 모든 사라져가는 것의 아름

다움이고 또한 흔적으로 남은 기억과, 나이면서 내가 아
닌 '내 몸속의 타자'들의 흔적이 보여주는 아름다움이다.

이런 유형의 발상은 「작고 시인」 「명태여, 이 시만 남
았다」 「밤사람」 「네거티브, 검판」 「나의 최초의 빛」 등
여러 작품에서 반복적으로 나타난다. "아이의 가슴은 작
았지 / 엄마 손바닥만 했지 // 모래마당에 길게 누워 있던
그림자 / 모래마당의 그 수직 그림자 / 우리는 추억을 다
잊어버리고 말았지 / 그 사람 이젠 거기 없을까"(「밤사람」)
라는 시의 '그 사람'이나 "시집도 껍데기다 / 생존 시인들
은 작고 시인이 된다 // 이 말을 쓰고, 나는 자유롭게 봄을
외출한다"(「작고 시인」)의 작고 시인은 서로 전혀 관련이
없는 대상임에도 어떤 공통점을 지니고 있다. '밤사람'이
어린 시절 골목에 서 있던 '전신주'라면 '작고 시인'은 언
젠가는 사라져야 할 운명을 지닌 '모든 존재'를 상징한
다. 시인과 전봇대는 이 점에서 아무 연관성이 없지만 '추
억'이나 '기억'이라고 하는 공통항을 통해서 '사라짐'에
대한 시인의 '집착'이나 '슬픔'의 정서에 동참하고 있는
것이다.

이렇게 그리울 줄 알았으면

사진 찍어둘 것을
1980년대 초, 서울 살러 왔을 때
종로3가에서 을지로3가 사이
지하철공사장, 거대한 수로처럼 철기둥이 땅속으로
마구 들어가 박힌 대로(大路), 산더미처럼 쌓여 있던
그 붉고 검은 흙들 진창들

흑백으로라도 웃는 둘을 잠시만 세워두었더라면

그 길로 곡예하듯
검판 보러 가던 여름과 겨울이 보고 싶진 않았을 것
기록만 있다면 벌레 먹어도 좋은 것
매미는 울어대고 오공(五共)시대 끝에서 타던 청계천
을지로는 3·1고가로 침침한
눈 펑펑 내리던 그 흑백의 길

내 횡격막 속에 묻힌 역사적인 그 길
지금 그 길, 대화와 수서로 영원한
휴가중, 도둑은 가버리고 늦은 화살만 날고 있는
한낮

그때 서른 무렵이었으니! 너무나 바쁜, 공화국의

　　　　　　　　　　　　　　　　—「네거티브, 검판」 전문

　"이렇게 그리울 줄 알았으면"이라는 표현에서 알 수 있
듯이, 시인은 지금 여기에서, 기억과 추억이 재생해내는
'흑백 필름' 속에 살고 있다. 현실 혹은 현재보다 과거와
정신의 상부를 응시하는 시인의 눈은 이 점에서 특정한
방향성을 내장한 '시적 의지'를 포함하고 있지 않다. 즉,
그의 시적 자의식은 현재 어떤 '유보상태'의 모습을 보여
준다. 판단을 유보하고 자신의 의지로 방향을 설정하기
보다는 '마음의 흐름'에 몸을 맡기는 방식에 따라서 씌어
진 것이 이번 시집에 실린 시편들이다.

　어쩌면 '아름다움'이란 '방기'를 필요로 하는지도 모른
다는 점에서, 시적 자의식의 향방에서 과거의 흑백필름과
미래의 '불확정성'을 마주 세워놓고 있는 이번 시편은 상
당히 특이한 양상을 보여준다. 열정과 운명이 서로를 마
주보면서 갈등의 수위를 조금씩 높여가는 과정에서 '비
애'와 '절망' '매혹' 등 복잡한 감정들이 시 속에서 불쑥
불쑥 나오기 때문이다. 이런 특징은 시인이 스스로의 마
음을 풀어놓으려고 상당히 노력하고 있다는 증거이기도
하다.

시의 형식이 잘 정제되어 있음에도 불구하고 시적 주체의 심리는 동일한 시 안에서도 서로 갈등하고 충돌하며 싸운다. 기억에 대한 집착이나 미련과 동시에 초월과 해탈, 무소유, 허무의 심리가 지금 함께 '동숙(同宿)'하고 있는 것이다.

　산돌을 밟으며 나는 상상할 수 있다, 이것이 화산이
었다는 것을
　이 돌들이 심장을 단숨에 연소시킨 불이었다는 것을
　나무들은 그럼 어디서 왔는가 나는 모르지
　그것이 설악의 화두다 알 길 없는
　이 물음을 찾아 나는 설악의 돌을 밟고 걷는다

　모든 설악의 밤은 비밀을 지키고 있다
　입이 불에 데어 말할 수가 없다 때론 어떤 자들은
　그것을 스스로의 우주의 저항이라 하지만 그들의 입
은 달라붙어버렸다
　화석이여 말문은 열지 마라 침묵을 지키자
　이 산속 가득한 나무들의 생애들이 알지 않느냐

　뼈의 나뭇가지들 아래 뒹구는 불타버린 이빨, 등골

자국들

　널려 있는 설악의 세계, 검은 화강암이 된

　죽음의 길바닥을 만든, 울퉁불퉁한 혀들을 밟는다

　나는 캄캄한 밤하늘로 올라가 돌아오지 않는 빛의 영혼들을 본다

　머리를 들어, 아 하늘 속에 떠 있는 수많은 돌들을 쳐다본다

—「하늘에 떠 있는 수많은 돌」 전문

　이번 시집에서 시인의 화두는 위에 인용한 시를 통해서 비교적 잘 나타난다. "심장을 단숨에 연소시킨 불"과 "입이 불에 데어 말할 수가 없"는 화석, "나무들은 그럼 어디서 왔는가"라는 질문, 그리고 "죽음의 길바닥을 만든, 울퉁불퉁한 혀들을 밟는다/나는 캄캄한 밤하늘로 올라가 돌아오지 않는 빛의 영혼들"이라는 표현 사이의 관련 속에서 우리는 하나의 문맥을 발견해낼 수 있다.

　지상적인 것이 '뜨거운 불'과 '화석'으로 규정된다면 천상적인 것 혹은 정신은 서늘한 빛의 영혼, 하늘의 별들로 표현된다. 뜨거운 심장과 불덩이, 죽음의 길바닥, 침묵, 울퉁불퉁한 혓바닥이 하늘에 떠 있는 또다른 수많은 돌들과 마주보고 있는 이런 상황은 그의 정신세계의 축도

(縮圖)를 그대로 옮겨놓은 것이다. 나무의 생애가 달라붙은 입들을 대신 증언한다면, 심장의 열기가 연소된 돌들은 죽음의 흔적인 화석을 남기고 영혼이 하늘로 올라가 또다른 수많은 돌들로 변한 것이다.

이 시에 나타난 시적 상상력은 이 점에서 삶과 죽음이라는 화두와 시의 위치에 대한 자의식을 담고 있는 메타포에서 비롯된 것이다. 나무가 한때 불타는 심장이었던 죽음을 대변해주고, 하늘에 떠 있는 수많은 돌들과 죽음의 길바닥이 가득한 설악의 밤이 지닌 비밀 사이의 관계를 알고 있는 것처럼 시인은 자연 속에서 삶과 죽음의 의미를 다시 성찰한다. 시인의 위치는 이 점에서 설악의 비밀을 보존하고 있는 나무와 비슷한 존재이다. 뜨거운 육체와 삶, 그리고 초연한 정신은 곧 짧은 인생과 영원성에 그대로 대응되기 때문이다. 이런 시인의 생각은 「명태여, 이 시만 남았다」라는 작품에서도 잘 드러난다.

개학날도 다가오고 나는 오늘을 안 듯 눈구덩이 설악으로 끌려가는 해를 무연히 바라보다 오만 데 바다로 눈길 준 지 잠시인걸 엊그제 속초 설 쇠고 오다 미시령 삼거리서 사온 누렁이 두 마리 돌로 두드려 혼자 뜯어 먹자니, 내 나이보다 아래가 되신 선친이 불현듯

생각나

　아버지가 되려고 아들을 불러 앉히고 그 중태를 죽죽
찢어 입에 넣어주었다 그 황태 쓸개 간 있던 곳에서 눈
냄새가 나고 납설수 냄새도 나자 아버지 냄새가 났다
슬프다기보다 50년 신춘에 이렇게 건태 뜯어 먹는 버릇
도 아버지를 닮았으니, 아들도 나를 닮을 것이다

　명태들이 삭은 이빨로 떠나는 새달, 그렇게 머리를
두드려 구워 먹고 초록의 동북 바다로 겨울을 보내주
면, 양력 2월 중순에 정월 대보름은 달려왔고 우리 부
자는 친구처럼 건태를 구워 먹고 봄을 맞았다 남은 건
내 몸밖에 없으나 새 2월은 그렇게 왔다 가서 이 시만
이렇게 남았다

　　　　　　　　　　　　—「명태여, 이 시만 남았다」 부분

아버지와 아들로 연결되는 혈연과 가족사에는 '명태'
라는 매개물이 존재한다. "아버지가 되려고 아들을 불러
앉히고"라는 말처럼 이미 자신의 나이보다 젊었을 때 돌
아가신 아버지의 기억과 현재의 아들 사이에서 그는 '아
버지'라는 말의 의미를 다시금 곱씹는다.

아들은 자라서 아버지가 되고 그 아버지는 다시 아들을 불러 앉혀 '친구처럼' 건태를 구워 먹는다. 결국, 관계는 변하고 남는 것은 '몸'뿐이다.「강상 유람이라면」에서도 그러했듯이 인생이란, 나를 찾으려고 했으나 어느덧 수많은 관계와 인연의 중첩 속에서 나는 사라지고 '그'라고 불리는 '나의 흔적'만 남게 되는 것이다. 그 흔적이 '시'라고 한다면,「명태여, 이 시만 남았다」라는 제목처럼 시인의 삶에서 남은 것이란 오직 '시' 이외에는 아무것도 없는 것이다. '시'에 의탁해온 삶이니 결국 그가 의탁할 곳 또한 '시'뿐인 것이다.

남은 것은 시와 몸뚱이 하나라는 그의 생각에는 모든 기억은 결국 사라져버릴 운명에 처해 있다는 의식이 감추어져 있다. 실제로「폐차통지서를 받고」「나의 최초의 빛」 등의 시편에는 기억이 점차 망각 속으로 사라져 소멸하는 거부할 수 없는 숙명에 대한 체념이 엿보인다. 폐차되는 '프라이드' 자동차를 통해서 "얼음 위 물처럼 흘러간 짧고도 긴 / 프라이드의 일생"과 "소녀는 성인이 되고 아기가 십대가" 된 "가족의 9년"을 동시에 지켜보는 시인에게 자동차는 이미 거대한 세계의 일부인 것이다.

"사람만이 세계의 일부가 아니다 / 가족과 함께 도처를 떠돌아다닌 프라이드는 / 제 최종 폐차통지서를 보내고 /

내 마음속에서 한 시절처럼 사라졌다"(「폐차통지서를 받고」)라는 시인의 전언에서 우리는 '프라이드 자동차'와 '한 시절' '마음속의 추억' 등이 이미 동격을 이루고 있음을 알 수 있다.

"거대한 폐차장에서 / 그는 북한산 흰 구름처럼 북으로 사라졌다 / 사람의 시간보다 아름답게 / 소녀는 성인이 되고 아기가 십대가 될 때 / 가족의 9년이 잠드는 폐차장 / 얼음 위 물처럼 흘러간 짧고도 긴 / 프라이드의 일생 속에 / 우리들 한쪽이 바라보이는 그 폐차장 / 심장을 떼어낸 목소리가 들려오는 듯했다 / 마구 부서진 프라이드의"(「폐차통지서를 받고」)처럼 사라지는 것은 '심장'을 떼어내는 아픔이고 세계의 일부가 소리없이 사라지는 일이다. 결국 지금 시인이 무의식적으로 바라보고 응시하는 모든 시적 풍경은 이 점에서 아이러니컬하게도 '소멸'과 '상실'의 징후를 담고 있는 것들이다. 하여 추락과 비상이라는 시적 지향의 배후는 소멸과 상실의 징후가 차지하고 있는 셈이다. 소멸 상실 박탈 허무 치욕 등이 일상 속에 몸을 담고 살아온 그의 육체를 한때 물들였던 정서라면, 그의 시는 그러한 정서를 '영원성의 표지'로 바꾸거나 추락의 비애, 사라짐의 고통으로 변주한다.

소멸과 상실의 운명 혹은 징후에 대한 시적 대응이 '하늘의 별이거나 죽음의 혓바닥'인 것은 이 점에서 전형적으로 '낭만적 아이러니'의 미학이다. 시간 속에서 낡아가는 육체와 영원한 정신의 지향이 서로 갈등하고 긴장하며 불화하는 장면 속에서 우리는 '치열한 시정신'을 종종 목도할 수 있는데, 고형렬 시인의 경우에도 불안정과 내적인 불화의 상태에서 지금 창조적인 언어를 뽑아내고 있는 것이다.

"먼 춘분 무렵 그날, 훤히 어둡던 저녁 / 공중에 달린 검은 소켓을 돌렸다 / 찰칵, 플래시가 터지듯 / 아 빛이 쏟아져나왔다! 최초의 새 빛 / 부모와 손뼉을 치던 날 / 아직도 나는 잊지 못했네 / 눈과 빛이 너무 밝으면 먼 마을의 / 그 어린 빛이 생각나 / 필라멘트 대롱대롱 달린 눈부신 불빛 / 아득, 내 귀가 어두웠던 눈빛"(「나의 최초의 빛」)이라는 시구에서 그가 '최초의 빛'을 말할 때, 그 빛은 '문명'이나 '이성'의 상징이면서 동시에 모든 기억을 망각시키는 힘을 지닌 '현재'와 '미래'의 관성이다.

시간의 가속도, 너무 밝은 눈과 빛은 세계의 은밀한 비의를 낱낱이 공개해버리면서 모든 신비와 정신을 죽이고 물질화한다. "아득, 내 귀가 어두웠던 눈빛"이라는 표현처럼, 시각을 사로잡은 불빛은 다른 감각을 오히려 죽인다. 그 강렬한 체험은 너무 밝은 빛과 '어린 빛'의 대조에

서도 반복된다. 너무 밝은 빛으로 감각이 마비되는 체험
은 '최초의 빛'이 청각을 어둡게 했던 그 기억을 소환한
다. 결국, 이 빛은 시인을 유년의 토속적, 비의적 공간으
로부터 시간과 이성이 중심에 서 있는 '성장의 과정'으로
끌어낸 최초의 힘이라고 할 수 있다.

> 달려가는 호랑의 껍질은 아무것도 아니다
> 두 앞발 사이 깊숙한 가슴 근육
> 덜겅거리는 심장, 출렁이는 간, 긴장하는 목뼈
> 헉헉대는, 터질 듯한 강한 폐 근육
> 얼룩거리는 붉은 어깨와 엉치등뼈, 거기 붙은 살점들
> 얼마나 우스꽝스러운가, 커다란 구슬 같다
> 마구 흔들리는 골은 산산조각 깨어질 듯
> 무거운 육신을 잔혹하게 흔들며 전속력으로 달려
> 가는
> 모자이크된 육체가 뛰어가는 정신
> 주먹같이 생긴 허연 뼈들, 링 같은 꽃의 구근
> 기둥 같은, 널빤지 같은 뼈들이 가득한 육체
> 먹이를 뒤쫓아 맹추격하는 호랑의 구조
> 그놈들 가끔 보며 세상을 가르친다 지오그래픽의
> 제작자를 탓하지 않지만 생식기를

혹주머니처럼 흔들며 뛰어가지 않으려는 그의

부끄러운 표정의 질주를 비웃는다 이것이 '세계'를 보는

나의 유일한 창구, 한없이 저놈은 비위사납다

이해하면서 더러운 자식! 더러운 자식! 하며

달려라 조금만 더, 뛰어라 호랑아

너를 끌고 달리게 하는 아 호랑아, 달려라

—「달려라, 호랑아」 전문

인용한 시는 그의 시를 지배하는 일상적 힘을 비유적으로 보여주는 작품이다. "모자이크된 육체가 뛰어가는 정신"이 암시하는 바는 결국 무엇인가.

"이것이 '세계'를 보는/나의 유일한 창구, 한없이 저놈은 비위 사납다/이해하면서 더러운 자식! 더러운 자식! 하며/달려라 조금만 더, 뛰어라 호랑아/너를 끌고 달리게 하는 아 호랑아, 달려라"라는 말에는 현실의 치욕 속을 이를 깨물며 질주하는 일상적 삶의 원리가 들어 있고 또 그 자질구레한 생활의 파편이 조각조각 모아진 '정신'의 실체가 표현되어 있다.

빛, 육체, 질주의 속성이 소멸과 상실, 치욕, 인내를 숙명으로 하는 삶의 원리에 가까운 것이라면, 정신은 그 육

체와 함께 질주하면서도 언제나 육체와 불화한다. "더러운 자식! 더러운 자식!" 하고 내뱉으면서 "달려라 조금만 더"라고 말하는 이중성은 '모멸과 순교적 의지'가 함께 뒤섞인 데에서 비롯된다고 할 수 있다.

이런 '견딤과 자기모멸'의 정서는 '상부의 정신'에 대한 그의 지향이 비애를 동반하는 가장 큰 이유이다.

쿠웅.

속에서 무엇이 스러졌다. 건들지 않고 사나흘 놔두면 놈은 일어나 나를 충동질 할 것이다. 그런데 기척이 없다. 그는 이제 나를 괴롭히지 않을 작정인가. 내 속에 무덤을 만들고 죽어버린 걸까.

갑자기 한번도 보지 못한 그가 보고 싶다. 나의 모멸과 학대를 감내하며 비굴하게 목숨을 부지해온, 흉측한 그. 여기까지 나를 멱살 잡고 끌고 온 지겨운 짐승…… 두 눈으론 볼 수 없는 괴이한 형상물

오늘부터

내부에서 부패의 냄새가 끓어오르기 시작했다(내부에 귀 기울여도 아무런 기척이 없다 죽은 것 같다)

놈의 감옥 서까래가 무너지기 시작했다

　　　　　　　　　　　　　　—「나의 동굴」 전문

　과연 시인의 몸속에 숨겨온 그 '짐승'이란 무엇일까. "모멸과 학대를 감내하며 비굴하게 목숨을 부지해온" 그의 존재란 무엇인가. 최초의 빛과 질주, 모자이크된 육체 등과 마찬가지로 그의 몸속에 깃든 짐승은 현실적 자아, 욕망 등에 비유될 수 있지 않을까. 그런데 어째서 그 짐승이 갑자기 죽어버렸단 말인가.

　이런 질문은 「명태여, 이 시만 남았다」 「하늘에 떠 있는 수많은 돌」 「고니 발을 보다」 「하류의 시」 「강상 유람이라면」 등에서 엿보이는 시적 자아로서의 '그'와 '몸속의 짐승' 사이에 대립적인 관계가 설정된다는 추측을 동반하고 있는 것이다. 시인의 자아는 사라지고 수많은 '그'들과 '시'만 남은 것이 시인의 삶이라면, "갑자기 한번도 보지 못한 그가 보고 싶다"라는 구절은 시인이 만들어낸 혹은 흔적으로 남겨놓은 '그' 속에 바로 이 '짐승'이 포함된다는 의미일 것이다. 이런 인식은 그의 시적 자아가 하나의 단일체가 아닌 '분열된 자아'의 모습을 취하기 시작했음을 나타낸다. 흔적과 소멸뿐인 '자기 찾기' 과정 속에서 남는 것은 오직 몸뚱이와 시뿐이기 때문이다.

밟지 않는다 피해간다
고니들이 결국은 날아가고 말듯
고니들이 온 곳은 하늘
잠시 지상에 내렸을 뿐이다
그들이 돌아가는 곳은 아무것도
세울 수 없는 텅 빈, 파란, 깊은
무소(無巢)의 공중이다.

—「고니 발에는」 부분

"밟지 않고 피해"가는 고니의 방식, 그것은 지상에 집을 짓지 않는 천상의 방식을 따르는 것이다. "고니들이 결국은 날아가고 말듯/고니들이 온 곳은 하늘/잠시 지상에 내렸을 뿐이다/그들이 돌아가는 곳은 아무것도/세울 수 없는 텅 빈, 파란, 깊은/무소(無巢)의 공중이다."

시인이란 "무소의 공중"으로 돌아가야 하는 존재들이라는 시인의 생각 중 한 단편을 엿볼 수 있는 이 작품은 시적 비애의 근원이 바로 일상의 '정처없음'과 '정신의 자유'가 암시하는 '무소성(無巢性)'에 있음을 암시한다. "아무것도/세울 수 없는 텅 빈, 파란, 깊은/무소의 공중"과 땅 위를 달리는 호랑이의 모자이크된 육체, 지금 시인의 정신은 이 두 지점 사이에서 위태롭게 흔들리고 있다. 육체의 감옥과 정신의 해방, 즉 운명의 속박과 도저한 허무를 마주 응시하며 지금 시인은 모종의 결단을 준비하고 있는 것이다.

金春植 | 문학평론가, 동국대 국어국문과 교수

■

시인의 말

　나의 시는 다시 표지 밑에서 죽는다. 아니 인쇄하는 과정에 죽었을 것이다. 어쩌면 시가 씌어질 때 이미 나의 손에서 죽었는지도 모른다. 언어의 껍질만 남긴 채. 어둠 속으로 들어가는 그믐달이 다른 하늘로 빠져나올 수 있을지. 현실은 까다롭게 날아오는 공 같다.

　나의 시들은 나의 시의 징검돌이 되기를 꿈꾼다. 기호와 메타포로 가득한 세계에서 나는 아직 시의 길을 찾지 못했다. 언어를 상대해서 싸우는 나의 손을 거미는 높은 곳에서 내려다본다? 나도 절망의 아침 가까이 다가온 것인가. 모든 시인들의 눈이 어두워지는 아침에 도착할 것이므로 걱정할 것은 아니다. 실존의 성찰만 더 필요하다.

　그나저나 하늘에 떠도는 수많은 돌 중 하나가 날아와 내 머리를 부수고 공중으로 사라지길 바란다. 희미한 광기와 선미를 남기고. 캄캄한 천체를 보는 굴절망원경의 심방에 오롯이 있는 달처럼 내가 사용한 말들이 숨어 있을 수 있을까. 여전히 씌어지지 않은 시를 탐하면서 덕지 덕지 때 묻은 이 못난 시들이 깨끗해지라고 세상 멀리 내보낸다.

2006년 신춘

방화동 개화산 자락에서

고형렬

창비시선 260

밤 미시령

초판 1쇄 발행/2006년 3월 17일
초판 6쇄 발행/2015년 7월 13일

지은이/고형렬
펴낸이/강일우
책임편집/황혜숙
펴낸곳/(주)창비
등록/1986년 8월 5일 제85호
주소/413-120 경기도 파주시 회동길 184
전화/031-955-3333
팩시밀리/영업 031-955-3399 · 편집 031-955-3400
홈페이지/www.changbi.com
전자우편/lit@changbi.com

ⓒ 고형렬 2006
ISBN 978-89-364-2260-8 03810